Impressum

Printed in Austria, 1. Auflage, 2019
ISBN 978-3-9503-163-4-6

Michael Rumpf

WAS NÜTZT ES, WENN EIN CHAMÄLEON FARBE BEKENNT?

Herausgegeben von Irene Bulasikis
Bellaprint Verlag • 2340 Mödling

Vorwort

Zur Charakteristik des Aphorismus

Aphorismen können als zeitgemäß gelten: Sie huldigen dem Ideal der Knappheit und Effizienz, sie kondensieren und konzentrieren, sie entstehen durch Streichen und Straffen. Sie spitzen zu und pointieren, indem sie auf den Punkt bringen – auf den Gewinnpunkt?

Der Mensch der Gegenwart hat es eilig: Fremdsprachen in einem Monat, Europa in zwei Wochen, Abnehmen in sieben Tagen, der Führerschein in zehn Stunden: Geplagt von der Eile, gebeutelt von der Hektik, gepeinigt vom Stress, schlingern wir auf den wilden Wassern der Zeitnot und lauschen hingegeben Sirenenklängen aus Ratgebern, welche die Rettung durch gute Organisation versprechen. Solche Bücher fassen sich kurz, sie heben Wesentliches am Rande hervor und drucken es farbig. Wer vom Druck der Schnelligkeit befreien will, muss dies schnell tun. Knapp und karg sagen die Aphorismen, was Sache ist, Sache des Denkens oder des Fühlens oder der heimlichen und unheimlichen Verbindungen, die zwischen beidem bestehen. Vor jedem mag man sich eine Ziffer, hinter jedem das Häkchen „zur Kenntnis genommen" oder den Haken „erledigt" vorstellen. Und wenn sie auch nicht mit dem erfolgreichen Streben der Entwerfer von Computerprogrammen wetteifern können, mehr und mehr Daten auf immer kleinerem Raum zu verdichten, gehorchen sie doch wenigstens dem wirtschaftlichen Gebot, mit möglichst niedrigem Aufwand einen Ertrag zu erzielen. Eine geringe sprachliche Investition soll großen gedanklichen Gewinn erbringen. Die alte Frage, was ein Autor mit dem Gedicht oder der Novelle sagen wolle, entfällt beim Aphoristiker. Seine Sätze muss niemand auf eine Aussage hin zusammenfassen, was nicht heißt, dass sie nicht zu deuten wären, vielleicht gedeutet werden sollen, was oft nichts anderes heißt, als sie auf sich zu beziehen.

Und wie in der Gesellschaft entspricht der Konzentration, dem Leistungsprinzip oft die Vereinzelung, der mittlerweile der Teamgeist entgegengestellt wird, da die Schwarmintelligenz bessere Resultate erzielen kann als das individuelle Gehirn. Aphorismen sind wie die Individuen auf sich gestellt, Singles, die nur flüchtig assoziieren. Sie machen das Beste aus sich, wenn die anderen sich nichts aus ihnen machen. Sie feiern die Ungebundenheit und brauchen Platz. Im Übrigen: Aphorismen sind schnell und mühelos zu überblicken, sie nehmen Rücksicht auf die kostbare Zeit des Lesers und sind gedächtnisfreundlich. Technisch gesehen, kommt der Aphorismus in sieben Sekunden von null auf hundert, allerdings ist die Gefahr eines Fehlstarts oder eines Getriebeschadens auf der Strecke hoch. Die Möglichkeit, rasant zu scheitern und in Kalau aus der Kurve getragen zu werden, als Risiko bekannt, erhöht die Lust des Zuschauers. Aphorismen befriedigen das Bedürfnis nach unmittelbaren Reizen, sie geben Einblicke, die wie Einsichten wirken, sie adeln den flüchtigen Augenblick zum Moment der Gewissheit. Sie flitzen über die unruhige See des Geredes wie flache, aus geneigter Haltung geworfene Steine. Dass sie die Oberfläche nur berühren, gibt ihnen neue Kraft.

Zeitgemäß sind sie leicht zu entsorgen: Eine scheibenwischerartige Bewegung vor dem Gesicht und sie verfliegen. Im Augenverdrehen sind sie verschwunden. Selten treten Gedanken unbedarfter und ungeschützter auf: ohne den Harnisch der Gelehrsamkeit, ohne die Panzerung der Systematik, ohne den Schild der Begründung. Als einzigen Schutz bieten sie neben ihrer Formulierung leere Zeilen auf, die sie umgürten. Man mag dies als tollkühn tadeln oder als naiv, sie gehorchen dem Gesetz, nach dem sie antreten. In unwegsames Gelände dringen sie als Späher, sie erkunden die Moore der verschlungenen Meinungen und die Dickichte der hoch aufgeschossenen Weltanschauungen, sie bereiten vor. (Aber was? Wenn sie erfolgreich sind, eine neue Sicht.)

*

Und doch haftet dem Aphorismus etwas Unzeitgemäßes an. Er spricht zu leise in der Welt der Lautsprecher, er huscht, wo alles ausschreitet, und wirkt grau in der Welt der bunten und schrillen Farben. Er ist zu kurz für die raschen Schnitte, die überraschenden Kombinationen, die vielfältigen Überblendungen. Greift er nicht, anscheinend vorherrschende Ansichten und Floskeln angreifend, harmlos ins Leere? Ist er nicht wie Idefix, kläffend am Rande der von mächtigen Interessen und Bedürfnissen unterstützten Gesinnungen? Bleibt er nicht Faden inmitten der Gewebe, und nicht einmal heraushängend, auf dass man sie aufdröseln könnte? Geschweige denn, dass man mit seiner Hilfe aus Irrgärten herausfände. Persönlichkeiten jedenfalls drücken sich in Zusammenhängen aus, sorgen für Erkennbarkeit und zerfasern nicht in Einzelheiten. Im Zeitalter des Unverwechselbaren gefällt sich der Aphorismus in der Rolle dessen, der seinen Autor im Stich lässt und austauschbar hält.

Unzeitgemäß auch seine Unfähigkeit zu überragen: Das Feuilleton, wie der Börsenbericht die Superlative liebend – der dickste Roman des Jahres, die leidenschaftlichste

Liebesgeschichte seit Generationen, die grausamste Theateraufführung der Gegenwart –, überblättert die aphoristischen Sprüche. Sie ermöglichen keine literarischen Rekorde und gehören in die Rubriken „notiert – zitiert", „vorläufig – beiläufig" oder zieren als Geistreichelei oder kleine Bosheit die letzte Seite von Wochenendbeilagen. Ja, ernsthaft bedacht, gehorcht der Spruch nicht so ganz den erwähnten ökonomischen Geboten. Hätte die Zeit und die Mühe, die es kostet, Splitter zuzuspitzen – sofern es sie kostet – nicht gereicht, um eine Figur zu schnitzen? Vergeudete Begabung, der es an der Einsicht gebricht, einen ihrer würdigen Gegenstand zu wählen. Es fällt leicht, dem Aphorismus Verschwendung nachzusagen, denn sein Gelingen verbraucht Energie, die genügte, um längere Textpassagen anzutreiben. Er zieht den Schlussstrich unter eine Aufgabe, die nicht mehr auf dem Papier erscheint, sodass dem Ergebnis neben dem Aufwand die Überprüfbarkeit fehlt. Statt der Zeichnung erscheint nur ein Drudel, den jeder fantasievoll ergänzen kann, dem man aber auch misstraut, je von der Linie zur Fläche werden zu können. Wer sein Licht unter den Scheffel stellt, setzt sich dem Verdacht aus, es solle in Vermutungen eine Helligkeit ausstrahlen, die es in Wirklichkeit nicht besitzt. Mehr zu scheinen, als man ist – diesen Grundsatz des Erfolgs missachtet der Aphorismus oft leichtfertig. Er umkleidet den Einfall selten, er stellt ihn bloß und gönnt ihm kurze Aufmerksamkeit, gefolgt von langem Bedauern. Mag sein, manchmal rettet er ihn in ein Rätsel.

*

Geben wir der Wiederholung ihr Recht. Der Aphorismus beschränkt den Gedanken auf einen Satz – oder eher ungewöhnlich auf mehrere Sätze, die einen Satz meinen und den Punkt eher als Überleitung einsetzen denn als Unterbrechung, eher als Element der Spannung oder Steigerung denn als Element der Senkung. In der vorliegenden Sammlung fehlen die Punkte, um anzudeuten, dass die Kürze nicht zur Enge werden soll, sondern ins Weite zielt, getreu dem klassischen Aphorismus von Jean Paul: „Sprachkürze gibt Denkweite."

Der Aphorismus konzentriert und entzieht dem Gedanken das Wasser, um ihn haltbarer zu machen. Er schickt ihn auf eine Insel, von wo er auf das Meer des Denkbaren blickt, und erprobt, ob er die Einsamkeit aushält. Manch ein Gedanke wird darüber trübsinnig, manch einer beginnt mit sich zu spielen und verliebt sich narzisstisch. Einige entwickeln die Kraft zum Überleben, die braucht, wer sich einer so ehrwürdigen Gattung anschließt. Der Aphorismus vereinzelt und vereinsamt den Gedanken, um ihn auf die Probe zu stellen. Es gelten daher, seit es Aphorismen gibt, die Einwände im Literarischen, mit denen im Sozialen die Sonderlinge und Einzelgänger umstellt werden. Sind sie überhaupt fähig, sich der Gemeinschaft literarischer Texte einzuordnen, tragen sie genügend Sinn und Verstand, um ernst genommen zu werden? Stellt die große Zahl, in der sie auftreten, nicht ihr Einsiedlertum in Frage? Und weigern sie sich nicht, den Preis zu zahlen, dessen jede geistige Anstrengung bedarf, um Leistung zu werden? Die Adelsgesellschaft des Romans und des Essays, des Gedichts und des Dramas rümpft die Nase: Wer will sich da zu ihnen an den wohlgedeckten Tisch setzen? Es sind schlussendlich nicht wenige, wie ihre Integration in Dialoge und Brief- und Tagebuchromane zeigen. Dennoch: Manche Kritiker kleben dem Emporkömmling, dem Eindringling, dem literarischen Spätling den Makel an die Stirn: Beliebigkeit. Ein Paradoxon, ein Wortspiel, eine Umkehr des Gewohnten, eine Antithese – fertig ist der Aphorismus. Etwas Luft in den Satz geblasen, und er schwebt täuschend verlockend am langen Faden der Selbstgenügsamkeit. Im lustvollen Widerspruch abhängig vom Meinungsfeind, wechselt er zu oft die Partei. Obwohl dogmatisch auftretend, fürchtet er die Festlegung und sucht zu jeder Wahrheit die Gegenwahrheit, zu jedem Satz die Variationen, die Einsprüche und Widersprüche. Wie ein Leben, aus Lustmomenten gewebt, beim Anblick des Todes zerreißt, so zerreißt das Garn des Aphorismus vor dem zaghaften Urteil der Fadenscheinigkeit.

*

Doch haben nicht alle gelernt, dass verkehrt lebt, wer sich nicht wehrt, und erkannt, wie man sich wehrt? Ich bin dick und ich stehe dazu; ich bin schlampig und ich stehe dazu; ich bin egoistisch und ich stehe dazu. Verwandelt, wer eine Schwäche bekennt, diese nicht in Stärke? Wäscht das Scheinwerferlicht nicht von der Sünde frei wie früher die Taufe? Wohlan, der Aphorismus scheut die allumgreifende Verantwortung, seine Einfälle gründen keine Gedankenfamilie, er stiftet eher selten Sinn oder Orientierung, dazu wechselt er zu gerne die Perspektive. Diese Beweglichkeit prägt ihn wie ein gewisser Starrsinn. Aber er steht dazu und fühlt sich wohl dabei, und das ist vielleicht nicht unwichtig in einer Zeit, in der das Subjekt sein eigener Herr und die Hierarchie und die Grenzen der literarischen Gattungen, aus vorigen Jahrhunderten stammend, fragwürdig geworden sind. Wer mit dem Aphorismus ins Gespräch tritt, wird spüren, wie seine Neigung zum Humor jede denkbare Verhärtung löst, und ihm den Traum vom Kalenderblatt anmerken, welches sich von selbst löst und so langsam zu Boden sinkt, dass es lange lesbar bleibt. Dort gibt es sich der Hoffnung hin, aufgehoben zu werden.

Michael Rumpf

In Erinnerung
an meinen Freund
Gerd Brudermüller
(1949–2019)

DICHTEN: ERDEN, WAS IN DER LUFT LIEGT

Selbst im Märchen
wird uns die Zahl unserer
Wünsche beschränkt

Erst als Vergangenheit
kann die Gegenwart verwandeln

Wer Innovationsbereitschaft fordert,
fördert Bindungsschwäche

Das Bedürfnis,
bemerkt zu werden,
steigt mit der Erfahrung,
nicht gebraucht zu werden

Das Selbstverständliche ist
das Begründungsfreie

KLUGHEIT
LÄSST SICH
MISSBRAUCHEN,
WEISHEIT
NICHT

Erreicht man etwas,
weil man richtig lebt,
oder lebt man richtig,
weil man etwas erreicht?

Die Einzelheit zieht sich zurück –
in ihren Zusammenhang

Die an der Welt leiden, sind durchaus
nicht immer diejenigen, die in ihr leiden

Nicht, wenn dir jemand fehlt, vereinsamst du,
sondern wenn du niemandem fehlst

Glücklich zu sein ist die eleganteste Art,
nicht zur Last zu fallen. Es gehört daher
zu den moralischen Pflichten

WARUM DIE WAHRHEIT DEN WUTANFÄLLEN ÜBERLASSEN?

Schon Klicken
übt heute Druck aus

Ein Gedanke
wird nicht gern daran erinnert,
dass ihn ein Gefühl erzeugte

Liebe kennt keine Grenzen,
wohl aber Scheidewege

Wenn ein Gespräch
nicht das Unerwartete berührt,
bleibt es belanglos

Nichts entleert das Leben effektiver
als der Versuch, seine Intensität zu steigern

LIEBER
KENTERN ALS NICHT
LOSSEGELN

Glück:
Zustand,
in welchem wir
nichts Besonderes sein müssen

Die Erwartungen ans Leben steigen
schneller als die Lebenserwartung

Mit den besseren Argumenten
hat man noch nicht die
besseren Karten

Die Leidenschaftslosen
beneiden die Leidenschaftlichen und umgekehrt

Den gordischen Knoten der Meinungen
durchschlägt die Entscheidung

ICH LEHRE AUS MEINEN FEHLERN

Wer nur einsieht,
was er einsehen MUSS,
sieht nur den Zwang ein

Wie selten senkt sich der Tag.
Wie oft stürzt er herab

Warten umfasst das Ereignis
wie die Fassung den Edelstein

Versäumnisse prägen
wie Erlebnisse

In sich hineinhorchend,
hört man die Stimmen
der anderen

AUF DIE
VERWELTLICHUNG DER
GÖTTER
FOLGTE DIE
VERGÖTTERUNG DER
WELT

Im Paradies
fehlen die Steigerungsraten

Reflexion ist Revision
ohne letzte Instanz

Abweichung von der Norm
darf nicht schmerzen.
Im Guten gibt es nur Varianten

Man will sein,
wie man ist,
wenn man ist,
wie andere sein wollen

Kennzeichen der Liebe:
Sie fürchtet die Lächerlichkeit nicht

WER SEINEN WEG

FINDET,

BRAUCHT KEINE

LAUFBAHN

Die Fortsetzung
der Tradition
führt über sie hinaus

Am versteinerten Herzen
wetzt sich der Verstand

Die faulsten Kompromisse
schließt man mit sich selbst

Er rächte sich
an der Vergänglichkeit,
indem er seine Zeit vergeudete

Wer sich nach der Decke
strecken muss,
wächst über sich hinaus

EIN STANDPUNKT
IST KEIN
GRUND,
SICH NICHT ZU
BEWEGEN

Ideal
des Lehrenden:
dass man ihm folgt,
ohne ihm hinterherzugehen

„Optimisten leben länger",
las der Pessimist und nickte:
„Geschieht ihnen recht."

Wer nichts so lassen kann, wie es ist,
will meistens alles so haben, wie er ist

Wenn eine Idee vom richtigen Leben fehlt,
probieren wir Varianten durch

Gesellschaftskritik
schützt vor
Selbstkritik

ALLE WOLLEN

GLEICH

BEHANDELT WERDEN.

INDIVIDUELL

Wo nichts heilig ist,
gibt es keine Gemeinschaft

Jede Wahrheit
muss sich verantworten:
vor dem Zweifel

Seltsamer Zusammenhang:
Mit der Grausamkeit weicht
der Sinn aus der Welt

Vollendete Anerkennung:
das Begehren

Die Fäden,
durch die wir dazugehören,
sind dieselben, an denen man
uns zappeln lässt

DIE STEIGERUNG VON DRUCKREIF: ZITIERFÄHIG

Kann man
sein eigener Herr werden,
ohne sein eigener Richter zu sein?

Der Reiz des Reisens entspringt der Lust,
dort zu sein, wo es auf uns nicht ankommt

Der Optimist deutet
den Tod als Frage,
der Pessimist als Antwort

Alles, was
angesehen ist,
scheint annehmbar

Auf der Höhe der Zeit stehen,
um in ihre Abgründe zu sehen?

JE MEHR ICH
WEIß,
DESTO WENIGER
WEIß ICH
WEITER

Jede Entscheidung
hat etwas von einem Aufbruch

Wer Gedanken
in Bewegung setzen will,
muss still sitzen

Unfähigkeit
hält von mehr Untaten ab
als Unwille

Wenn die Konventionen sterben,
treten Launen die Erbschaft an

Schuldlosigkeit
setzt Ereignislosigkeit
voraus

DAS HÖCHSTE PRIVILEG? PRIVILEGIEN ZU ERTEILEN

Das Dogma
verweigert die Fülle

Dass ein Leben
nichts Zählbares hinterlässt,
ist leichter zu ertragen,
als dass es nichts Erzählbares hinterlässt

Echtheit lässt sich nicht entwerfen.
In ihr begegnet man dem Unverfügbaren

Vielen gelingt es,
subjektiv zu sein,
ohne persönlich zu werden

Wo Meinungsfreiheit herrscht,
träumt jeder von der Meinungsführerschaft

ANGST
IST EIN SCHLECHTER
RATGEBER,
ABER EIN GUTER
BEOBACHTER

Werte
sind Angriffe
auf Lebensverhältnisse

Wer selber denkt,
hat Heimvorteil

Beliebte Abweichung von der Norm:
hervorragen

Liebe überwindet die Ferne,
vor allem aber macht sie Nähe erträglich

Verlegenheit ist die Vorstufe zur Verleugnung

Lieber ausweglos
als ziellos

ANPASSUNG

TARNT

SICH:

FLEXIBILITÄT

Er stellte
die eigenen Interessen
in den Hintergrund.
Dort kamen sie besser zur Geltung

Nur wer verwirft,
wird sich fangen

Was zur Neige geht, geht zum Neide

„Anspruch" ist der geheime Vorname der Wünsche

In jeder Begründung
steckt eine Verteidigung

So vieles geht in die Geschichte ein –
und so wenig kommt wieder heraus

APHORISMEN

WÄREN SPURENELEMENTE
IM LITERARISCHEN

ORGANISMUS

Mancher verteilt
seine Sympathien
wie Machtstückchen

Nicht die Liebe scheitert.
Wir scheitern vor der Liebe

Abenteuerlust:
Der Mensch träumt davon,
ausgewildert zu werden

Geduld ist das
Schlüsselwort der Erziehung

Jedem Gefühl
wohnt ein Gedanke inne –
als Faustpfand

AUCH WORAUF

WIR

VERZICHTEN,

KANN ERFÜLLEN

Aus dem Recht,
sein Glück zu suchen,
wurde der Anspruch,
es geliefert zu bekommen

Strenge verdeckt Unsicherheit

Denen vertrauen wir,
vor deren Augen wir unsere Eitelkeit dartun,
ohne uns zu schämen

Wer sich von den Konventionen befreit,
gerät in Gefahr, sich in den Egoismus einzuschließen

Nie erreichen Begründungen
die Überzeugungskraft des
Selbstverständlichen

AUFSCHRIFT
AUF SEINER SCHUBLADE:
ICH PASSE IN
KEINE

Sinnsuche
macht erlebnishungrig

Die Vorstellung,
man könne sein Leben führen,
macht es zum Schoßhündchen

Reisefieber:
endlich an Orten sein,
die von uns nichts,
von denen wir alles wollen

Das Unnütze ist der Widerschein
des Vergeblichen

Schmerz trägt
mehr zur Identitätsfindung bei
als Genuss

BEEINFLUSSUNG TRÄUMT DAVON, INSPIRATION ZU SEIN

Der Teufel
macht immer
das günstigere Angebot.
Gott hat das Nachsehen

Schlafe, und du wirst finden.
Träume, und dir wird aufgetan

Im Dogma blickt die Erkenntnis zurück
und erstarrt zur Salzsäule

Das wichtigste Privileg:
über Privilegien zu schweigen

Jedes Urteil träumt davon,
Maßstab zu werden

EIN GLÜCKLICHER
TAG KENNT
KEINE
FRAGEZEICHEN

Nichts teilt man lieber
als die eigene Meinung

Manche bleiben
gerne im Hintergrund,
weil dort die Fäden gezogen werden

Wir sollen kritisch sein.
Und glücklich.
Quadratur des Kreises

Wer mir den Mund verbietet,
schärft mein Gehör

Die Vorstufe
gibt sich gerne
als Quelle aus

DAS EIGENE
IST NICHT EIGEN, WEIL
ES BESSER,
SONDERN ES IST
BESSER,
WEIL ES EIGEN IST

Maßstäbe
kann man zum Prügeln
benutzen

Der Erfolg muss sich steigern,
der Misserfolg nicht

Das Gefühl, selbstbestimmt zu handeln,
haben viele genau dann, wenn sie nichts tun

Altern: ein Insolvenzverfahren

Vielfalt erzeugt Rekordsucht.
Wo es zu viel gibt, muss es das Beste geben

Das Gleichgültige
ist endgültig

DAS ENDE DES WEGES IST NICHT SEIN ZIEL

In der Treue
begegnet man
dem eigenen Entschluss

Hektisch macht nicht
die Arbeit an ernsten Dingen,
nur die an nichtigen

Die Gesellschaft verantwortlich machen,
heißt das Problem für lösbar halten

Im Paradies
gibt es keine Vorstellung
vom Paradies

Geflügelte Worte
müssen oft notlanden.
In Kalau

DAS MOSAIK
IST DIE
HOFFNUNG
DER BRUCHSTÜCKE

Die Ehe
bewahrt die Liebe,
indem sie sie verwandelt

Je kleiner das Rädchen, das wir sind,
desto größer das Rad, das wir schlagen

Wer seine Unzulänglichkeiten offensiv vertritt,
braucht sich nicht zu bessern

Man kann das Unkraut der Illusionen nicht jäten,
ohne die Wurzeln der Hoffnung zu beschädigen

„Alles ist relativ",
sagte das Problemchen zum Problem,
„plustere dich also nicht auf"

DASS WIR
VERGÄNGLICH SIND,
HEIẞT
NICHT, DASS WIR
ERSETZBAR
SIND

In jedem Superlativ
schläft ein Mythos

Perlen des Geistes
wachsen in den Muscheln
der Schwermut

Vergebliche Hoffnung:
Gefühle zeigen, ohne in die Seele
schauen zu lassen

Kreativität und Hoffnung bedingen sich

Wer nichts darstellt,
muss sich darstellen

Spaß ist Surrogat für Sinn

DENKEN
ERHELLT NICHT,
WENN ES
NICHT ENTFLAMMT

Es nützt nichts,
den Kindern Werte zu vermitteln,
wenn diese keine Hoffnung bieten

Die Erkenntnis
der eigenen Ohnmacht
ist der erste Schritt
aus ihr heraus

Träume zerbrechen selten,
oft zerfasern sie

Gewährleistet der volle Terminkalender
ein erfülltes Leben?

Abweichung von der Norm
kann zur Norm werden

DER EINFALL
IST DIE
FEIER DES
AUGENBLICKS

Im Glück kommen
Wirklichkeit und Möglichkeit
zur Deckung

Wenn wir das Leben von allem Ballast befreit haben,
schwebt es in den Himmel der Belanglosigkeit

Die Illusion
ist der Hoffnung
schönstes Kind

Man misst eigenes Glück an fremdem.
Gelassenheit verweigert den Vergleich

Am Doppelbödigen
erfreut sich,
wer keinen Boden
unter den Füßen hat

DIE AUSNAHME
HEBT DIE
REGEL
NICHT AUF,
SIE MACHT SIE
ERTRÄGLICH

Ist das Ende
ein Fortschritt
gegenüber dem Anfang?

Mit der Eheschließung verspricht man
nicht nur dem Partner oder der Partnerin etwas,
sondern auch sich selbst

Wer die Ränder auflöst,
entblößt den Kern

Seelische Bedürfnisse
kann man nicht
materiell stillen

Konzentration –
und das Jetzt wird plötzlich

DIE
WORTE BRAUCHEN DAS
SCHWEIGEN
WIE DER
TAG
DIE NACHT

Jede Bewertung
stört die Harmonie

Nichts auszulassen,
ist der sicherste Weg,
das Wesentliche zu verpassen

Mit allen Wassern gewaschen,
also trocken hinter den Ohren

Er steckt in Launenhaft

Man sucht
im Grundbuch
vergeblich nach
Argumenten

ER SEHNTE
SICH NACH
LIEBE
WIE EINE LEERE
SEITE
NACH SCHRIFT

Gewissensbisse:
Meine öffentliche Meinung
mischt sich in meine Privatangelegenheiten

Gedanken werden als fragwürdig geboren
und als selbstverständlich begraben

„Richtig“ und „falsch“
wird abgelöst durch „gefällt mir“
und „gefällt mir nicht“

Das Zwecklose
weckt Verzweiflung,
das Zweckfreie – Freude

Wenn ein Klischee droht,
hebt die Wahrheit den Zeigefinger

LIEBE IST
DAS
WERTVOLLSTE
NAHERHOLUNGSGEBIET

Es ist ein verzweifeltes Unterfangen,
die Vergänglichkeit durch eine Beschleunigung
des Erlebens zu überlisten

In der Bescheidenheit
bleibt man allein.
Wir sollten sie aufsuchen
wie eine versteckte Waldlichtung

Im Rätsel nimmt
die Sprache Kraft
vom Schweigen auf

Generationswechsel sind heute meist
auch Paradigmenwechsel

Machbarkeit der Dinge
soll die Aushaltbarkeit der Welt gewährleisten

ERST IM
ECHO DER ANDEREN
WIRD DIE
MELODIE DES GLÜCKS
HÖRBAR

Zu erkennen
geben sich Wünsche
in ihrer Erfüllung

„Sich nach außen richten"
heißt
„sich ausrichten"

Körperliche Ähnlichkeit
verbindet wie charakterliche

Plaudern ist die angenehmste Art und Weise
der Informationsaufnahme

Das gesunde Volksempfinden
entfernt sich immer weiter
vom gesunden Menschenverstand

GEDANKEN SEIEN

FREI?

SIE ZAPPELN

IM NETZ

DER GEFÜHLE

Das freie Spiel
der Kräfte
ist das freie Spiel
der Kräftigeren

Normen, an deren Entstehen wir teilhaben,
zwingen nach kurzer Zeit, als seien sie auferlegt

Die konsequente Steigerung
der Hektik ist die Panik

Viele glauben,
ihr Leben geregelt zu haben,
wenn es wie von selbst abläuft

Zuweilen neigt die Wahrheit zur Übertreibung –
dann hält sie sich für die Wirklichkeit

GEFÜHL
GEWINNT AN TIEFE
DURCH DAUER

Kunst versucht,
Tropfen aus dem Strom des Lebens
zu konservieren

Widerspricht die Vorderseite
der Medaille ihrer Rückseite?

Sein Entschluss war der Felsen,
an welchem seine Launen zerschellen sollten.
Das Ziel als Mittel gegen die Abwege

Ihr, die ihr geistiges Neuland entdeckt,
bedenkt, wer es besiedeln wird!

Relativieren:
Ursachen aus ihrer Verantwortung
entlassen

GUTER VORSATZ:
NIE FALTE
WERDEN AUF
EINER FREMDEN
STIRN

Geduld
und Hoffnung
sind Geschwister

Je schnelllebiger,
desto lebloser

Das Lob
des kleinen Glücks
ist keine Absage
an das große

Wenn die Menschen gleich wären,
gäbe es nicht viel zu erzählen

Gedankenlücken
sind Gesprächsbrücken

IM BEIFALL HALLT DIE KRAFT DES SEGNENS NACH

Manche brauchen
den Reichtum,
um die Welt auszuhalten,
die ihn hervorbringt

Im Erfolg reinigen sich
Taten, Ideen, Lebenspläne
vom Verdacht der Sinnlosigkeit

Wucherungen der kleinen Wünsche
ersticken die große Hoffnung

Wer messerscharf denken will,
muss bereit sein,
sich ins eigene Fleisch zu schneiden

Begründungen gegen etwas sind immer stärker
als Begründungen für etwas

AUCH DAS GRÖßTE

LEBEN

BESTEHT AUS

KLEINEN AUGENBLICKEN

Wer schauen muss,
wo er bleibt,
kann nichts nachsehen

Der Tod ist der einzige Normbrecher

Sich überlegen fühlen –
Arznei gegen das Übel,
sich überflüssig vorzukommen

Was ist, will sein.
Die Frage „warum?“ ist eine Verneinung

Was wir kritisieren,
verliert an Lebenskraft.
Wir fördern Schwächen,
indem wir sie benennen

IM GLÜCK SIEGT DER AUGENBLICK ÜBER DIE ZEIT

Die Lektüre
vergessener Schriftsteller
weckt das Gefühl,
der Zeit etwas entgegenzusetzen

Seltener Abendtrost:
tagsüber nichts Überflüssiges
gesagt haben

Strenges Denken inspiriert das wilde Leben

Das Sinnlose akzeptieren wir leichter
als das Grundlose

Manchmal muss man das eigene Nest
beschmutzen, um das Recht zu erwerben,
sich an seiner Säuberung
zu beteiligen

IM SCHICKSAL
GIBT ES
KEIN SCHEITERN

Man schreibt nicht,
um Gedanken loszuwerden,
sondern um sie hervorzubringen

Lebensgenuss
ist sozial verträglich
zu halten

Hoffnungen
sind Wünsche
in Ausgehkleidung

Je weniger Normen,
desto mehr Therapeuten

Wer sagt denn,
dass selbst gezogene Lebenslinien
gradlinig sein müssen?

IN DER FREUDE
DES GIPFELS
STECKT DIE

MÜHE

JEDEN SCHRITTES

Wo Vernunft scheitert,
will sie ihr Scheitern
wenigstens verstehen

Wer hinters Licht geführt wird,
schaut nicht hinter die Kulissen

Ob wir unsere Würde bewahren,
dafür bildet unser Gewissen den Maßstab

Steigerung
von „veröffentlichen":
vermarkten

Dass man etwas von mir will,
lehne ich ab.
Dass man mich will,
begrüße ich

LIEBE

IST SEHNSUCHT NACH

FRAGLOSIGKEIT

Wo nichts
zugeteilt wird, wollen wir alles

Wer ablehnt, empfindet keinen Verzicht

Wenn alle auf Augenhöhe sind,
hat keiner den Überblick

Die Macht verteufeln
heißt die Teufel an die Macht bringen

Wie viel Langeweile
wohnt der Sehnsucht inne?

Der tiefste Eindruck –
im Gespräch, bei Büchern,
bei heiligen Ritualen –
ist einer der Wahrheit

NACH DEN STERNEN

GREIFEN,

UM SICH IHR FUNKELN

ANZUHEFTEN

Die Zahlen
sprechen eine deutliche Sprache.
Und wer sonst?

Nicht nur wenn Rohstoffe ausgehen,
bricht die Wirtschaft zusammen,
auch wenn Bedürfnisse nicht nachwachsen

Auf vage Begriffe können sich alle einigen

Wo alles blitzschnell sich wandelt,
lassen sich keine Fronten aufbauen

Pointe: Spitzfindling

Das Glück baut Strohhütten,
das Unglück Paläste

SOGAR

VOLLKOMMENHEIT IST KRITISIERBAR

Auf einem Fahrrad
kann man nie so einsam sein
wie in einem Bus

Vereinzelung
schützt nicht immer
vor Vermassung

Eitelkeit: Öffentlichkeitsarbeit der Eigenliebe

Schönheit erlöst von der Vielfalt

Es enttäuscht nicht die Korruption,
sondern die Korrumpierbarkeit

Im Neuen
rechtfertigt sich
die Vergänglichkeit

STEIGERUNG:
GESETZE EINHALTEN,
GESETZE BRECHEN,
ÜBER GESETZEN
STEHEN

Mit
Grundsätzen
himmelwärts

Verhältniswörter im Konflikt:
Eltern wollen für ihre Kinder das Beste,
Kinder wollen von ihren Eltern das Beste

Von allem gibt es zu viel.
Sogar von der Klage darüber

Wir rationalisieren alles
und vernünftigen nichts

Dass ich das Beste
aus mir machen soll,
widerspricht dem Rat,
ich solle ganz ich selbst sein

FAUSTREGELN HABEN

WENIG

FINGERSPITZENGEFÜHL

Wenn wir
unter uns sind,
sind wir *unter* uns

Hoffnungen fallen
in die eigene Verantwortung

Altersklassen werden
als Leistungsklassen empfunden

Verzicht
wird als Befreiung
vom Konsum gefeiert

Ist Habsucht gesättigt,
gönnt sie sich
das Hauptgericht:
Luxus

UM SICH
ZU ERKENNEN,
MUSS
MAN DIE ANDEREN
BEOBACHTEN

Weisheit darf sich
Banalitäten erlauben,
deren sich Klugheit
schämen würde

In der Wahrheit
kommt die Konkurrenz
der Meinungen zur Ruhe

Mancher, der das Beste aus sich macht,
stellt sich ein Armutszeugnis aus

Beliebtestes Kompliment
im Zeitalter der Gleichheit:
Du bist so anders

Vorurteil: jemandem nicht über den Weg trauen,
dessen Weg man nie gekreuzt hat

VORFREUDE AUF EIN

FEST

ZEIGT SEIN
LEBENDIGSEIN

Es ist leichter
zu erkennen, was verfällt,
als was erwachsen wird

Vom Reiz der Maske
lebt noch die Entlarvung

Dem Zweifel sieht man
seine Jahre mehr an als der Hoffnung

Die Perfektion
der Maschine
ist kein Maßstab
für die Vollkommenheit
des Menschen

Die einen erweitern ihren Einfluss,
die anderen ihr Bewusstsein

WANN WIR

GANZ

WIR SELBST SIND?

WENN WIR

UNS

VERGESSEN

Lieber zwischen
den Stühlen sitzen
als zwischen den Fronten stehen

Eltern, die ihren Kindern
keine Hoffnung mitgeben können,
müssen ihnen alle
Wünsche erfüllen

Die fehlerlose Welt wäre geheimnislos

Wer das Glück sucht,
wird das Leben verpassen

Auch auf Trampelpfaden
kann man seiner
Wege gehen

WAS AN DER

ZEIT

IST, BRAUCHT

KEINE ARGUMENTE

Lob signalisiert
Sympathie, daher
spornt es an

Wer keinen Feind hat,
hat nichts zu erzählen

Wir verbergen Krankheiten
sorgsamer als Untaten

Wir verschieben das Leben auf morgen.
Dann haben wir heute frei

Wir hassen die Notwendigkeit.
Aber auch sie kann lächeln

Manchmal muss man den Kopf verlieren,
um das Gesicht zu wahren

WELCHE
FLAMME HÄTTE JE SICH
BEIM ZÜNDHOLZ
BEDANKT?

Verstehen heißt
einverstanden sein

Nimm dir Zeit.
Das ist es, was der Schmerz von dir will

Es ist leichter,
mit nichts glücklich zu sein,
als mit wenigem zufrieden

Das Diktat der leeren Kassen
wird immer von leeren Herzen unterzeichnet

Lust an der Verallgemeinerung
erklärt sich aus dem Trost des Gesetzmäßigen

Aufforderung zur Offenheit:
Gib dich, wie wir sind

WER

DANKBARKEIT
FORDERT,
ZERSTÖRT SIE

Hoffnung
ist nie nüchtern

Nur wer
an sich glaubt,
kritisiert die Gesellschaft

Zu den unangenehmen Wahrheiten gehört,
dass es Wahrheit gibt und nicht nur Meinung

Argumente messen wir an unserer Interessenslage

Das Reich der Träume
wird von Konventionen bewacht

Zwischen uns und dem Leben
stehen unsere Träume

WER GELIEBT WIRD,
KANN NICHTS
VERSÄUMEN

Werte
werden relativer,
Gütesiegel nehmen zu

Auch im Reich der Gedanken
herrschen Bürokraten

Augenblicke im Leben,
in denen wir uns ewige Dauer wünschen,
vergehen besonders schnell

Im Meer kann sich ein Tropfen nicht als Tropfen fühlen

„Menschenwürde" und „Kreativität" werden Synonyme

Auf dem Sündenkonto:
nur Dunkelziffern

WER NICHTS
NACHSEHEN
KANN, IST
BLIND

Wer für die
Gerechtigkeit kämpft,
wirft der Wirklichkeit
den Fehdehandschuh hin

Grauzonen machen
die Farbigkeit des Lebens aus

Auf die ewigen Fragen
gibt es nur zeitliche Antworten

Paradox der Erlebnissuche:
Wo der Spaß aufhört, fängt er an

Weisheit erobert die Welt,
ohne sie zur Beute
zu machen

WIR

FINDEN UNS,
WENN ANDERE
NACH UNS
SUCHEN

Auch Ketten
bieten Halt

Aneinander vorbeizureden
kann ein Zeichen von
Friedfertigkeit sein

Glück markiert
die Orte des Geschehens.
Unglück auch

Wer Nähe wünscht,
darf den Horizont
nicht zu sehr erweitern

Die täglichen Pflichten
wirken zuverlässiger gegen die Langeweile
als Vergnügungen

WIR WOLLEN
OHNE GEGENLEISTUNG
GELIEBT WERDEN.
DAS LEBEN
AUCH

Je planbarer
das Glück verläuft,
desto mehr ersehnen wir
das Plötzliche

Relativieren: die Schuld umverteilen

Die Morgenröte stellt die Tagesampel auf Grün

In Fragezeichen kann man sich schmiegen

Wünsche, die erwachsen werden,
heißen Interessen

Von Jahr zu Jahr
werde ich mir
ähnlicher

WO
EIN WILLE,
DA EIN WEG.
WO EIN
UNWILLE,
DA EIN UMWEG

In jedem Leben
bleibt Ungelebtes zurück
wie in allem Sagen Ungesagtes

Ein Kind, das seine Eltern überflügeln soll,
entfremdet sich ihnen tiefer als ein Kind,
das sie fortsetzen darf

Liebe übersieht
körperliche Unansehnlichkeit
leichter als soziale

Kinder messen die Liebe
mit ihrem wahren Maßstab:
der gewährten Zeit

Weltgewandt kann das Gegenteil sein
von welterfahren

ZEIT

HABEN IST DIE

VORAUSSETZUNG DAFÜR,

AUF IHRER HÖHE

ZU SEIN

Man muss
Glück haben,
um glücklich zu werden

Die normative Kraft
des Taktischen

Man schwärmt für die Menschheit,
um nicht an den Nachbarn zu verzweifeln

Eine Welt ohne Maßstäbe
huldigt der Rekordsucht

Nie fragt der Tod
nach seinem Sinn.
Er kennt die Zweifel
des Lebens nicht

ZUKUNFT
HAT DIE AUFGABE, DIE
GEGENWART
VORANZUBRINGEN

In seiner Belanglosigkeit
tarnt sich das Selbstverständliche

Moral ist der Spiegel,
der uns den Splitter
im eigenen Auge zeigt

Der Raubbau an der Natur
wirkt sich als Raubbau
an der Seele aus

Rangiert die selbst gewählte Niederlage höher
als der verdankte Sieg?

Manchmal leben
zwei Wahrheiten so nahe beieinander,
dass sie zusammen wortspielen

IM GELINGEN SCHEITERT DAS SCHEITERN

Hoffnungen richten sich
aufs Unverhoffte

Um sein Leben zu schonen,
benutzte er es nicht

Wer an der eigenen Moral nicht leidet, hat keine

Er saß auf seinem Wissensvorsprung
und beneidete die Menschen
um ihren Lebensvorsprung

Vielleicht schickt
die Wahrheit die Einfälle
wie Gott seine Engel

Manche Einfälle kommen genau dann,
wenn man nicht nachdenkt

DAS POSITIVE AM

LEBEN

IST DAS POSITIVE

IN UNS

Ich schätze meine Irrtümer.
Sie gewährleisten,
dass ich mich entwickle

Manche lassen sich gehen,
ohne irgendwo anzukommen

Was wir nicht ändern können,
gewinnt den Anschein
der Notwendigkeit

Im Grenzenlosen lässt sich scheitern
wie an Grenzen

Vornehmste Form der Machtausübung: Federführung

Die tiefste Einsicht in einen Menschen
ist die in seine Notwendigkeit

DER STAND DER DINGE: ALLES FLIESST

Wer davon träumt,
dass Liebe funktioniert,
träumt nicht von der Liebe

Das Unbegreifliche ist das Unanfechtbare

Dass wir uns getrennt vorkommen, verbindet

Ich erforsche den Wortraum

Zwei Arten von Vollkommenheit:
Die eine lässt keine,
die andere jegliche Kritik zu

Glück beendet die Hektik,
die auf der Suche
nach ihm entsteht

EIN HERZ
ZU GEWINNEN,
GEHÖRT
ZU DEN GLÜCKSLOSEN
IN DER LOTTERIE
DES LEBENS

Es sind die einfachen Leute,
die ein schwieriges Leben haben

Wer schreibt, geht in Wortstellung

Die Erfahrung,
das Verhalten ändern zu können,
sät die Illusion,
das Leben im Griff zu haben

Befreiung ist spürbar, Freiheit nicht

Er lebte im Trott und
hielt das für Konsequenz

Autor und Leser:
eine Zugewinngemeinschaft

ES IST
LEICHTER,
ETWAS ZU WERDEN, ALS
JEMAND ZU
SEIN

Keine Idee
erkennt sich wieder,
wenn sie sich verwirklicht sieht

Das Paradies
wird durch Überfüllung ruiniert
wie die Sehenswürdigkeiten durch den Massentourismus.
Die Hölle ist in ihrer Aufnahmefähigkeit
unbegrenzt

Befreit man das Individuum,
fesselt man die Gesellschaft

Kaum haben wir die Welt geändert,
zeigt sie ihr altes Gesicht

Nur wer Sorgen, mögen sie auch unscheinbar wirken,
ernst nimmt, kann trösten

GEDULD

IST DIE SPRACHE

DER LIEBE

Mit jedem Kompliment
werten wir die Unbemerkten ab

Trost kann nicht gebrüllt werden

Wer Gewohnheit
und Routine verachtet,
setzt Erfahrung herab.
Wer wünscht sich einen
erstmalig operierenden Chirurgen?

Erst die Arbeit, dann das Vergnügen.
Und was, wenn das Vergnügen zur Arbeit geworden ist?

Wer ist wichtiger:
derjenige, der für uns,
oder derjenige,
der sich um uns sorgt?

JEDER TROST SPENDET

HOFFNUNG,

JEDE HOFFNUNG

TROST

Nicht nur der äußere,
auch der innere Reichtum
ist ungleich verteilt

Liebe beschwört ebenso viel
Sehnsucht herauf, wie sie stillt

Die Ziele verblassen,
dafür werden die Wege immer schöner

Demnächst werden die Einfaltspinsel
nach DIN geordnet

Flirt: ein Charme-mützel

Wir umarmen
lieber die Menschheit
als den Nachbarn

SCHÖNHEIT
MACHT NICHT IMMER
GLÜCKLICH,
ABER GLÜCK IMMER
SCHÖN

Sei das Gedankengebäude noch so imposant,
es sollte nicht als Tempel dienen

Die öffentliche Meinung
ist das Jüngste Gericht

Nicht jede Erfüllung ist Befriedigung

Wenn die Menschheit
den Hals nicht voll kriegt,
platzt der Natur der Kragen

Dass alles zwei Seiten hat,
hilft nicht weiter,
wenn die Münze auf ihrem Rand steht

Vorläufigkeit ist der eigentliche Fortschritt

SOLIDARITÄT

UND

KONKURRENZ

SCHLIEßEN EINANDER AUS

Sympathien
sind die Bausteine
unseres Selbstbewusstseins

An das, was man kennenlernen will,
muss man sich binden

Wer etwas vom Leben haben will,
muss ihm etwas geben

Auch an neuen Ufern lässt sich gut stranden

Die Suche nach dem eigenen Ich
endet im gemeinsamen Wir

Die Menschen außer dir erreichst du nur
über den Menschen in dir

VERTRAUEN
MACHT
SELIGER ALS
BEWUNDERUNG

Manch einer
will nur glücklich sein,
um beneidet zu werden

Optischer Naturschutz: werbefreie Zonen

Vielfalt des Glücks
soll über seine Seltenheit trösten

Warum wir unablässig reisen?
Weil es das gelobte Land nicht gibt

Sinnlos, sich über die Welt aufzuregen.
Schamlos, es nicht zu tun

Man kann Gott nicht im Jenseits finden,
wenn im Diesseits nichts heilig ist

WER
EINEN GEDANKEN
VERFOLGT,
MUSS VIELE
LAUFEN LASSEN

Vor dem Mittelmaß
rettet manchmal nur Maßlosigkeit

Marotten verhindern das Gefühl,
eine Marionette zu sein

Hoffnungen sind der Motor der Handlungen,
Erfahrungen ihre Bremse

Im Lachen steckt Erleichterung darüber,
versagen zu dürfen

Manche fürchten den erhobenen Zeigefinger,
als sei er die geballte Faust

Ein liebesvolles Chaos
ist kindergerechter
als eine lieblose Ordnung

WER VON DER

LIEBE

ALLES ERWARTET, SOLLTE

ALLES

MIT LIEBE BETRACHTEN

Zeitnot beschleunigt
Entscheidungen erfolgreicher
als Argumentation

Mit Vorsichtsmaßnahmen
kann man sich ums Leben bringen

Schon der Anblick des Meeres
ist Hydrotherapie

Erlebnisse schwenkt man
vor fremden Augen wie Siegesfahnen

Täglich Bilanz ziehen – in der Hoffnung,
den Schlussstrich aufhalten zu können

Oft rettet die Verachtung vor dem Neid

WERTE
SIND HORTE DER
HOFFNUNG

Am schwersten
entkommen wir Käfigen,
die wir uns selber bauten

Die Welt bereisen heißt nicht,
sie zu sehen

Nichts trennt heftiger
als gemeinsame Langeweile

Seelenverwandt möchten auch Menschen sein,
die Verwandtschaft ablehnen

Liebe übt Rücksicht, um den Blick
auf den geliebten Menschen frei zu halten

Konservierung verändert das Konservierte
wie Schreiben den Gedanken

ZUR
LEBENSKUNST
GEHÖRT
ES, DIE GESCHENKE DES
ZUFALLS ALS
GABEN
DES SCHICKSALS
ANZUERKENNEN

Die Liebe
hat kein Verständnis dafür,
dass sie zu viel
werden kann

Die Erlebnissucht
des Individuums spiegelt
die Gewinnsucht der Wirtschaft

Begeisterung
weitergeben
begeistert

Erkenntnisse:
Webfehler im
Lebensstoff

Stille gibt Weite

Bibliographie

Aphorismen

1983 Satzwechsel,
Pfälzische Verlagsanstalt, Landau,
ISBN 3876290406, vergriffen

1986 Gedankensprünge,
Manutius Verlag, Heidelberg,
ISBN 3925678026, vergriffen

1992 Gedankenfäden,
Manutius Verlag, Heidelberg,
ISBN 3925678336, vergriffen

1996 Schnittstellen,
Manutius Verlag, Heidelberg,
ISBN 392567859x, vergriffen

2000 Haarrisse,
Manutius Verlag, Heidelberg,
ISBN 392567893x, vergriffen

2004 Querlinien,
Manutius Verlag, Heidelberg,
ISBN 3934877303, vergriffen

2008 Nebentöne,
Manutius Verlag, Heidelberg,
ISBN 9783934877658, vergriffen

2012 Widerklänge,
Manutius Verlag, Heidelberg,
ISBN 9783934877887, vergriffen

2017 Bruchrillen,
Manutius Verlag, Heidelberg,
ISBN 9783944512174

Essays

1997 Gefühlsgänge,
Literaturverlag Droschl, Graz,
ISBN 3854204671

2014 Wertgänge,
Basilisken-Presse, Marburg an der Lahn,
ISBN 9783941365421

2017 Nachgänge,
Basilisken-Presse, Marburg an der Lahn,
ISBN 9783941365605

Gedichte

2006 Ausgelöst,
Basilisken-Presse, Marburg an der Lahn,
ISBN 3925347844

Erzählungen

2002 Die Unruhe der Einzelheiten,
Manutius Verlag, Heidelberg,
ISBN 3934877117

Übersetzungen

1988 Della Casa, Giovanni: Der Galateo. Traktat über die guten Sitten, Manutius Verlag, Heidelberg, 3. Auflage 2016, ISBN 9783944512143

1992 Pietro Bembo: Asolaner Gespräche. Dialog über die Liebe, Manutius Verlag, Heidelberg, ISBN 3925678190

2007 Charles Joseph Fürst de Ligne: Gedanken und Fragmente, Manutius Verlag, Heidelberg, ISBN 9783934877580

Biographie

Dr. Michael Rumpf

Aphoristiker, Essayist, Übersetzer und Herausgeber

1948 in Heidelberg geboren, aufgewachsen in Bonn, Dublin und Mailand

1967 Abitur in Bonn

1969 – 1974 Studium der Germanistik, Philosophie und Italianistik in Bonn und Heidelberg

1980 Promotion zu Walter Benjamin

1978 – 2013 Gymnasiallehrer und stellvertretender Schulleiter in Grünstadt/Pfalz

1980 – 1984 Mitherausgabe von Materialen für das Schulfach Ethik

1994 Edition von Descartes' „Meditationen über die Grundlagen der Philosophie" und Platos „Apologie/Kriton"

1995 Interpretation zu Kleists „Der zerbrochne Krug"

1997 und 1999 Interpretationen zu Goethe und Eichendorff

Seit 1980 Mitherausgeber der jährlich erscheinenden Literaturzeitschrift „Zeno".

Auszeichnungen

1991 erster Preis beim Kurzessay-Wettbewerb in Bayreuth und dritter Preis für eine Erzählung im Limburg-Wettbewerb der Stadt Bad Dürkheim

1998 dritter Preis beim Wettbewerb „Buch des Jahres"

2005 erster Preis des Hattinger Aphorismus-Wettbewerbs

2010 Aufnahme von Aphorismen in Reclams Anthologie klassischer Autoren: „Es lebt der Mensch, solange er irrt"

Michael Rumpfs Aphorismen wurden auch ins Englische, Französische, Portugiesische, Italienische und Polnische übersetzt.